公主的月亮

公主的月亮

〔美〕詹姆斯·瑟伯　文
〔美〕马克·西蒙特　图

邢培健　译

南海出版公司
2008·海口

图书在版编目(CIP)数据

公主的月亮／〔美〕瑟伯文；〔美〕西蒙特图；邢培健译.
－海口：南海出版公司，2008.1
ISBN 978-7-5442-4004-8

Ⅰ.公… Ⅱ.①瑟…②西…③邢… Ⅲ.图画故事－美国－现代
Ⅳ.I712.85

中国版本图书馆 CIP 数据核字（2007）第 206136 号

著作权合同登记号　　图字：30－2007－137

GONGZHU DE YUELIANG
公主的月亮

作　　者	〔美〕詹姆斯·瑟伯
绘　　图	〔美〕马克·西蒙特
译　　者	邢培健
责任编辑	邢培健
特邀编辑	张引墨
内文制作	杨兴艳
丛书策划	新经典文化（www.readinglife.com）
出版发行	南海出版公司（570206　海南省海口市海秀中路 51 号星华大厦五楼）　电话　（0898）66568511
经　　销	新华书店
印　　刷	北京国彩印刷有限公司
开　　本	889 毫米×1194 毫米　1/16
印　　张	3
字　　数	6 千
书　　号	ISBN 978-7-5442-4004-8
版　　次	2008 年 3 月第 1 版　2008 年 3 月第 1 次印刷
定　　价	29.80 元

一个特别的故事

罗斯玛丽·瑟伯（作者詹姆斯·瑟伯的女儿）

我一直以为自己是个生活在现代社会的开明女性,但当哈考特出版公司提出"改编"《公主的月亮》时，我竟有些难以接受。这种态度让我自己都很震惊。

我花了好多天，在"新"与"旧"、"传统"与"改变"之间挣扎。经过几个星期的犹豫不定，我明白自己已陷入困境。我要向我的儿孙们寻求帮助。

我真应该一开始就征求他们的意见。他们还不像我这么老，不会紧抓住过去的东西不放。他们都很喜欢老版本的《公主的月亮》，但大家一致认为，如果一位新的艺术家能从他的视角重新诠释这个故事，会是一件让人很兴奋的事。

而当马克·西蒙特答应接受这项工作时，我的一切疑虑都消失了。马克认识我父亲，也很了解我父亲的作品，还为其中两本书画过插画。（马克甚至把我父亲画进了这本书中。我不说是哪个人物，但我打赌，你一定猜得出！）我们真高兴马克能为《公主的月亮》配图。他的颜料桶里充满了色彩和智慧，如果必要的话，他还会加进适量的甜蜜。

于是就有了你手中新版的《公主的月亮》！我希望那些看过老版本的人能同样地珍爱这个美丽的新版本，并和我们一起庆祝它的诞生。而对于那些从没看过《公主的月亮》的人，你会发现，这真是个很特别的故事。

　　很久很久以前，在一个大海边的王国里，住着一位名叫埃莉诺的小公主。她只有10岁，不过马上就11岁了。一天，埃莉诺公主吃了很多很多黑莓馅饼，觉得非常不舒服。

　　御医赶紧给她量体温、把脉，还让她把舌头伸出来看。看完舌头后，御医很担心，就派人去请埃莉诺的爸爸，也就是国王。国王马上来到公主身边。

　　"只要你的病能好，你要什么我都给你。"国王说，"你有什么特别想要的东西吗？"

　　"有啊，"公主说，"我想要月亮。有了月亮，我的病就会好了。"

　　国王手下有很多非常聪明的人，他们总能给国王任何他想要的东西。于是，国王答应女儿，她马上就能得到月亮。

　　国王回到王宫，开始拉铃，三下长，一下短。不一会儿，皇家总管进来了。

　　皇家总管又高又胖，戴着一副厚厚的眼镜，这让他的眼睛看起来有实际的两倍大，也让他的聪明劲儿看起来有实际的两倍大。

"我要你把月亮弄下来。"国王说,"埃莉诺公主想要月亮。有了月亮,她的病就会好了。"

"月亮?"皇家总管惊呼。他的眼睛睁得大大的,这让他的聪明劲儿看起来有实际的四倍大了。

"对,月亮。"国王说,"月——亮,月亮。今晚就给我弄下来,最晚明天。"

皇家总管用一条小手帕不停地擦额头,然后,又用小手帕很大声地擤鼻子。

"陛下,我为您找过很多很多东西,"他说,"这里正好有一份所有这些东西的清单。"他从口袋里抽出一卷长长的羊皮纸。

　　"现在，让我看看。"他皱着眉，看那份清单，"这里有象牙、猿猴和孔雀，红宝石、猫眼石和绿宝石，黑色兰花、粉色大象和蓝色狮子狗，金甲虫、圣甲虫和琥珀里的苍蝇，蜂鸟的舌头、天使的羽毛和独角兽的角，巨人、侏儒和美人鱼，松香、甘草精和树脂，吟游诗人、流浪歌手和跳舞的女人，一磅黄油、两打鸡蛋和一口袋糖——啊，对不起，这些是我老婆写的。"

　　"我不记得有什么蓝色狮子狗。"国王说。

　　"清单上就是这么写的啊，旁边还有核对过的标记呢。"皇家总管说，"所以，肯定有蓝色狮子狗，您只是忘了而已。"

　　"别管什么蓝色狮子狗了，"国王说，"我现在要的是月亮。"

　　"陛下，为了找寻您要的东西，我连遥远的撒马尔罕、阿拉伯和桑给巴尔都去过，"皇家总管说，"可月亮根本不可能弄到。它离我们有35000公里，比公主的房间还大，而且，它是用铜铸成的。我没法为您摘下月亮。蓝色狮子狗，可以；月亮，不行。"

　　国王非常生气，他把皇家总管赶出去，叫来了宫廷魔法师。

　　宫廷魔法师是个又瘦又小的人，长着一张长长的脸。他头戴一顶缀满银星星的红色尖顶帽，蓝色的长袍上有很多金色猫头鹰。国王说，希望魔法师能想个办法，给小公主把月亮弄下来。宫廷魔法师一听这话，长长的脸立刻变得苍白极了。

"陛下，我为您施过很多很多魔法，"宫廷魔法师说，"事实上，我口袋里正好有一份所有这些魔法的清单。"

他从长袍上一个很深的口袋里抽出一张纸。"这上面写着：'尊敬的宫廷魔法师，我正带着您要的点金石返回……'啊错了，不是这个。"

宫廷魔法师从长袍上的另一个口袋里，抽出一卷长长的羊皮纸。"在这儿呢，"他说，"现在，让我看看。我曾经把芜菁榨成汁，又把芜菁汁变回芜菁。我曾经把礼帽变成兔子，又把兔子变回礼帽。我曾经凭空变出鲜花、鸽子、斑鸠，又把它们变没；我曾经送给您占卜杖、魔棒和能预见未来的水晶球。我曾经把迷药、油膏和安眠药调和在一起，治疗伤心、饮食过度和耳鸣。我曾经用附子草、颠茄和老鹰的眼泪调制出混合剂，驱赶巫婆、恶魔和恐怖的夜晚。我还给过您千里靴、点金手和隐身斗篷……"

"不管用，"国王说，"那个隐身斗篷根本不管用。"

"当然管用。"宫廷魔法师说。

"不，不管用。"国王说，"我还是会撞上东西，跟没穿一样。"

"那个斗篷只能让您隐身，"宫廷魔法师说，"它不能让您穿越物体啊。"

"那我不管，反正我还是会撞上东西。"国王说。

宫廷魔法师继续看他的清单，"我还给您弄来过精灵国的号角、睡魔的沙子和彩虹里的金子。还有一轴线、一盒针和一块蜂蜡——啊，对不起，这些是我老婆让我变的。"

哎哟！！

　　"我现在要你变的，"国王说，"是月亮。埃莉诺公主想要月亮，有了月亮，她的病就会好了。"

　　"没人能变出月亮。"宫廷魔法师说，"它离我们有150000公里，是用绿奶酪做成的，而且，它有两个皇宫那么大。"

　　国王又气得不行，他把宫廷魔法师赶回山洞，然后，敲响一面锣，叫来了皇家学者。

皇家学者的脑袋上一根头发都没有，还是个大近视。他戴着一顶没檐儿的帽子，两只耳朵上各架着一枝铅笔，黑衣服上写满了白色的数字。

"别给我念什么1907年以来你为我计算过的所有东西的清单，"国王对他说，"我现在想让你算算，怎么给埃莉诺公主把月亮弄下来。有了月亮，她的病就会好了。"

"很高兴您提到了1907年以来我为您计算过的所有东西。"皇家学者说,"我正好带着一份清单。"

他从口袋里抽出一卷长长的羊皮纸,"现在,让我看看。我为您计算过'进退两难'的'进'和'退'之间的距离,从夜晚到白天的距离,还有从A到Z的距离。我估算过'向上'要走多远,'离开'要多长时间,还有'消失'之后会变成什么。我发现了传说中海蛇的长度,无价之宝的价值,还有一只河马所占的面积。我知道您感到乱七八糟时到底是'七乱'还是'八糟',多少棵树才能成为一片树林,还有用大海里的盐能抓多少只鸟——如果您想知道,我可以告诉您,是187796132只。"

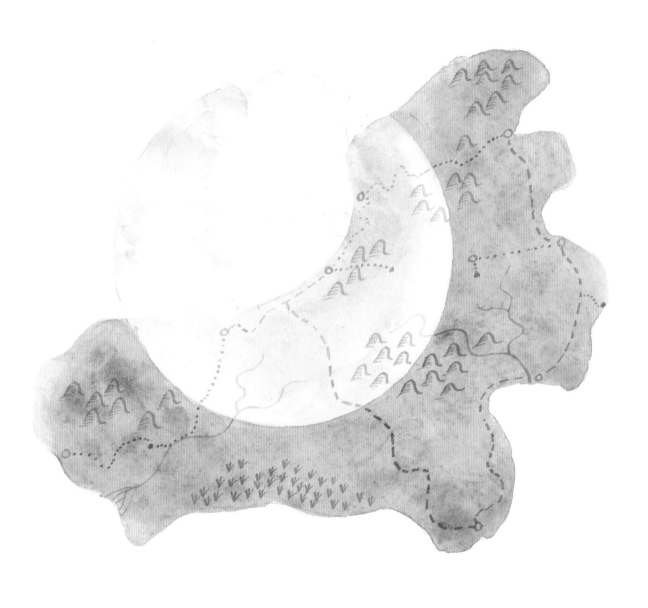

"根本就没那么多鸟。"国王说。

"我没说有啊，"皇家学者说，"我的意思是，如果有的话。"

"我没工夫管那么多并不存在的鸟。"国王说，"我现在让你给埃莉诺公主把月亮弄下来。"

"月亮离我们有3000000公里远，"皇家学者说，"它是石棉做的，又圆又扁，像枚硬币，有半个王国那么大。而且，它一直在天上走来走去。没人能弄到月亮。"

国王又一次被惹火了，他把皇家学者赶走，拉铃喊来了宫廷小丑。

  小丑穿着色彩斑斓的衣服，戴着挂满小铃铛的帽子，跳着进了王宫，坐到王座下。

  "陛下，我能为您做些什么？"宫廷小丑问。

　　"谁都不能为我做什么。"国王悲伤地说,"埃莉诺公主想要月亮,没有月亮,她的病就好不了。但是,没人能给她弄到月亮。我向每个人要月亮,可他们嘴里的月亮一个比一个大,一个比一个远。你什么都做不了,就给我弹弹琴吧。来个悲伤点的。"

"他们说月亮有多大？离我们多远？"宫廷小丑问。

"皇家总管说，月亮离我们 35000 公里，比埃莉诺公主的房间还大；"国王告诉小丑，"宫廷魔法师说，月亮离我们 150000 公里，有两个皇宫那么大；皇家学者说，月亮离我们 300000 公里，有半个王国那么大。"

宫廷小丑漫不经心地弹了一会儿琴，然后说："他们都是聪明人，所以他们肯定都对。那么就是说，你心里觉得月亮有多大，它就有多大，你心里觉得月亮有多远，它就有多远。我们要做的，就是弄清楚埃莉诺公主心中的月亮有多大、多远。"

"这我还真没想到。"国王说。

"陛下，让我去问问公主吧。"宫廷小丑说完，就轻手轻脚地走进了小公主的房间。

埃莉诺公主正醒着，她看到小丑很高兴，但她的脸还是非常苍白，声音也非常微弱。

　　"你把月亮带来了吗？"公主问。

　　"还没有，"宫廷小丑说，"不过马上。我想知道，您觉得月亮有多大呢？"

　　"只比我的指甲盖儿小一点，"公主说，"因为我举起大拇指，就能把月亮盖住。"

　　"那月亮离我们多远呢？"宫廷小丑又问。

　　"还没我窗外那棵大树高，"公主说，"因为，它有时候还会被最高的树枝挂住呢。"

　　"摘月亮很容易。"宫廷小丑说,"今晚它再被挂住的时候,我就爬到最高的树枝上,把它给您摘下来。"

　　他突然又想起了一件事,于是问公主:"公主,月亮是用什么做的呢?"

　　"哦,"公主说,"你真笨,当然是金子做的喽。"

宫廷小丑走出埃莉诺公主的房间，去找金匠。他让金匠做一颗只比埃莉诺公主的指甲盖儿小一点的圆月亮，又让金匠给这颗圆月亮穿上一条金链子，这样，埃莉诺公主就能把它挂在脖子上了。

　　"我做的这是什么呀？"金匠做完以后问。

　　"你做了个月亮。"宫廷小丑说，"这就是月亮。"

　　"可是月亮，"金匠说，"它离我们有500000公里，是青铜做的，圆圆的像个弹球。"

　　"那是你心里的月亮。"宫廷小丑说完，就带着月亮走了。

宫廷小丑把月亮送给埃莉诺公主。公主高兴得不得了，第二天病就好了，能起床，还能到花园里玩了。

　　但是，国王的烦心事还没完。他知道，到了晚上，月亮还会在天空中发出皎洁的光。他可不想让埃莉诺公主看见月亮。公主要是看见了月亮，就会明白，她用金链子挂在胸前的月亮，并不是真的月亮。

　　于是，国王叫来皇家总管。"今晚月亮在天空中出现时，我们千万不能让埃莉诺公主看见。快想个办法。"

皇家总管用手指敲着额头，想了想，说："我知道了！我们可以为公主做一幅黑眼镜，这眼镜要黑得让公主戴上之后什么都看不见。这样，她当然也就看不见天上的月亮了。"

　　这话让国王很不高兴，他把头从左边摇到右边，又从右边摇到左边。"公主戴上黑眼镜就看不见路了，会撞到东西上，到时候，她又要生病了。"国王把皇家总管赶出去，叫来宫廷魔法师。

"我们必须用什么东西把月亮盖上，"国王说，"这样，当月亮在天空中出现时，埃莉诺公主就看不见它了。我们该怎么做呢？"

宫廷魔法师先是用两只手倒立，然后用脑袋倒立，最后，他终于用两只脚站好。

"我知道该怎么做了！"宫廷魔法师说，"我们可以用绳子把一大块天鹅绒窗帘撑开，让窗帘像马戏团的帐篷一样，覆盖住整个皇家花园。这样，埃莉诺就看不见帐篷外的任何东西了，当然也看不见天上的月亮。"

　　听了这话，国王生气地挥着胳膊。"黑天鹅绒窗帘把空气都挡在外面了，埃莉诺公主会没法呼吸的，到时候，她又要生病了。"国王把宫廷魔法师赶出去，叫来皇家学者。

　　"我们必须采取措施，"国王说，"让埃莉诺公主不能看见天上的月亮。你要是真有本事，就赶快想个办法。"

　　皇家学者先是绕圈走，然后绕方块走，最后，他终于停下脚步。"我想出来了！"他说。

"我们可以每天晚上在花园里放烟火。当那些银色小喷泉和金色小瀑布遮住整个天空时，成千上万的火花会让夜晚亮得如同白昼。这样，埃莉诺公主就看不见天上的月亮了。"

国王被气得跳上跳下。"烟火会让埃莉诺公主睡不着觉的，到时候，她又要生病了。" 于是，他把皇家学者也赶了出去。

　　国王抬起头，发现天已经黑了。月亮发着光的边缘已经出现在地平线上。

　　国王惊慌地跳起来，拉铃召唤宫廷小丑。宫廷小丑蹦蹦跳跳地进了王宫，坐到王座下。

　　"陛下，我能为您做些什么？"他问。

　　"谁都不能为我做什么。"国王悲哀地说，"月亮马上就要出来了。当皎洁的月光照进埃莉诺公主的房间，公主就会知道，月亮挂在天上，

而不是挂在她胸前的金链子上。给我弹弹琴吧，来个悲伤点的。唉，公主一看见月亮，又要生病了。"

宫廷小丑漫不经心地弹着琴。"您的那些聪明人都是怎么说的？"他问。

"他们想不出任何藏起月亮的办法，藏起那个会让埃莉诺公主生病的月亮。"国王说。

宫廷小丑开始弹另一首曲子，一首非常轻柔的曲子。"那些聪明人什么都知道，"小丑说，"如果他们说没有办法，那就是真的没有办法。"

国王把头埋进手里，唉声叹气。

　　突然，国王从王座上跳起来，指着窗外大喊："看哪！月光已经照进埃莉诺公主的房间了！谁能解释，月亮怎么能既挂在天上，又挂在她胸前的金链子上？"

　　宫廷小丑停止了弹琴。"当您的聪明人说月亮很大、很远的时候，是谁告诉我们该怎么摘下月亮？是埃莉诺公主。所以，埃莉诺公主比您的聪明人更聪明，在月亮这件事上，她也知道得更多。让我去问问她吧。"国王还没来得及说话，宫廷小丑已经静静地跳出王宫，沿着宽宽的大理石楼梯，来到埃莉诺公主的房间。

公主躺在床上，但并没有睡着。她正看着窗外那发出皎洁光芒的月亮。在她手里，宫廷小丑给她的月亮也在闪闪发光。小丑看起来很难过，难过得都要掉眼泪了。

"埃莉诺公主，请您告诉我，"他悲哀地说，"月亮怎么能既挂在天上，又挂在您胸前的金链子上？"

　　公主看了看小丑，笑着说："这个问题太简单了，你可真笨。如果我掉了一颗牙，一颗新牙就会从原来的地方长出来，对不对？"

　　"当然。"宫廷小丑说，"如果独角兽在森林里丢了角，额头正中就会长出一只新角。"

　　"完全正确。"公主说，"如果园丁剪下花园里的花，还会有新的花开出来呀。"

"我早就该想到，"宫廷小丑说，"就像总会有新的一天。"

　　"月亮也一样啊。"埃莉诺公主说，"我猜，所有东西都是这样……"她的声音越来越小，最后完全消失了。宫廷小丑发现，公主已经睡着了。他轻轻地为公主盖好被子。

　　离开之前，宫廷小丑走到窗边，对月亮眨了眨眼睛。因为他觉得，月亮好像也在对他眨眼呢。